陪孩子学楚辞

方铭 · 选注

北方联合出版传媒(集团)股份有限公司
万卷出版有限责任公司

© 方铭 2023

图书在版编目（CIP）数据

陪孩子学楚辞 / 方铭选注. -- 沈阳 : 万卷出版有
限责任公司，2023.9
ISBN 978-7-5470-6292-0

Ⅰ.①陪… Ⅱ.①方… Ⅲ.①楚辞－诗歌欣赏－少儿
读物 Ⅳ.I207.223-49

中国国家版本馆CIP数据核字(2023)第114070号

出版发行：北方联合出版传媒（集团）股份有限公司
　　　　　万卷出版有限责任公司
　　　　　（地址：沈阳市和平区十一纬路29号　邮编：110003）
印 刷 者：天宇万达印刷有限公司
经 销 者：全国新华书店
幅面尺寸：214mm×190mm
字　　数：110千字
印　　张：11
出版时间：2023年9月第1版
印刷时间：2023年9月第1次印刷
责任编辑：李依真
责任校对：刘　洋
产品监制：村　上　赵　月
策　　划：张　欢　张卫忠
插　　画：卢梦茜
封面设计：侯茗轩
版式设计：崔　旭
ISBN 978-7-5470-6292-0
定　　价：42.80元
联系电话：024-23284090
传　　真：024-23284448

序 言

　　北京竹石文化传播有限公司策划了《陪孩子学楚辞》一书，目的是让小学生接触中国历史上最伟大的爱国诗人屈原及与其相关的作品。这件事情非常有意义，我也乐意为这本书的出版出一点力。

　　《楚辞》是汉代刘向辑录屈原及宋玉等人的作品集，今本《楚辞》还包括刘向和王逸等人的作品，《汉书·艺文志》记载屈原赋二十五篇，宋玉赋十六篇，今本《楚辞》所录，包括了屈原的全部二十五篇作品，宋玉的作品只收录了《九辩》《招魂》两篇，《大招》的作者可能是屈原或者景差。屈原、宋玉、景差都是战国末期楚国人，他们生活的时代大概是楚怀王和楚顷襄王时代，屈原略早于宋玉和景差，宋玉和景差去世的时候可能已经接近秦统一六国了。另外，刘向编辑的《楚辞》还收录了汉代人贾谊、淮南小山、严忌等人各一篇作品。《楚辞》中除屈原作品之外，其他作家的作品基本上是拟屈原的作品风格创作的，有些甚至是以屈原的口吻所写，表现的主题都是悯怀屈原遭遇。

屈原是战国时期楚国人，他是一位忧国忧民的思想家，也是一位胸怀理想的政治家，更是一位壮怀激烈的伟大诗人。生活中的屈原既"博闻强识"，又能"正道直行"。屈原以实现尧、舜、禹、汤、文王、武王那样的"美政"为自己奋斗的目标，深切挂念楚国国事，有着强烈的"爱国"情怀。屈原生活在一个混乱的时代，面对混乱的政治环境和生活境遇，他坚持理想，坚守底线，百折不挠，始终如一，所以能出淤泥而不染。屈原是一位高尚的人，也是一位纯粹的人，是一位脱离了低级趣味的人，更是一位有益于国家和人民的人。屈原一生牢记自己的人生追求，始终保持自己高洁的品性，不断磨炼意志，并提升自己的精神境界。屈原是值得中国古代士大夫们学习的光辉榜样，他创作的《离骚》等作品也是中国古代文学史上不朽的经典。屈原与端午文化习俗的关联，寄托了中国人对其崇高的精神境界和高尚的人文情怀的追思。

学习中国传统文化，主要是为了理解中国人的价值追求，树立体现真善美的世界观和人生观。《楚辞》一直是中国古代读书人必读的集部著作之一，其排序甚至在周秦诸子和历代史记之前，这是因为屈原是战国时期孔子思想的坚定践行者，而《楚辞》也是《诗经》风雅传统的忠实继承者，具有历久常新的生命力。

　　《楚辞》内容深刻，文辞华美。《隋书·经籍志》认为《楚辞》"气质高丽，雅致清远，后之文人，咸不能逮"，意思是说，因为屈原有高尚的情操，所以才能创作出不朽的诗篇；由于屈原的作品体现了其高尚的情操，因此才能成为后世不可企及的典范。刘勰《文心雕龙·辨骚》说《楚辞》"衣被辞人，非一代也"，即《楚辞》影响了一代又一代中国人，"故才高者菀其鸿裁，中巧者猎其艳辞，吟讽者衔其山川，童蒙者拾其香草"，《楚辞》不但适合才高者阅读，普通吟诵者、小学生也可以从《楚辞》中获得灵感。

对于今天的小学生而言，《楚辞》各篇篇幅太过巨大，文字繁复，阅读难度太高，要在小学一二年级熟读《离骚》，显然是不太可能的。因此，这本小书所选《楚辞》各篇作品，在节选的基础上力求涵盖更多优秀篇目，同时配以插图和注释，力求给孩子们阅读和了解《楚辞》提供一个入门路径。

期待孩子们能喜欢这本小书，也希望孩子们读完这本书，能喜欢上屈原和《楚辞》。

2022年4月7日于北京

IV

目　录

离骚（节选）

其一

扈江离与辟芷兮，纫秋兰以为佩。汩余若将弗及兮，恐年岁之不吾与。

朝搴阰之木兰兮，夕揽洲之宿莽。日月忽其不淹兮，春与秋其代序。

惟草木之零落兮，恐美人之迟暮。不抚壮而弃秽兮，何不改乎此度？

乘骐骥以驰骋兮，来吾道夫先路！

注释

◎扈：披。◎江离、辟芷：离、芷皆是香草名。离生于江中，芷生于幽僻之处，故曰江离、辟芷。◎纫：连接。◎佩：配饰，古人配饰象征品德。◎汩（yù）：水流疾速的样子。◎弗：一作"不"。◎搴（qiān）：采，取。◎阰（pí）：山名。◎木兰：乔木名。◎揽：采。◎洲：水中陆地，一作"中洲"。◎宿莽：经冬不死的草。◎其：语助词。◎不淹：不久停留。◎代序：更替。◎惟：思。◎零落：凋零、坠落。◎美人：此处自喻。也有人以为是指楚怀王。◎迟暮：比喻晚年。◎抚：凭据，持。◎壮：壮年。◎弃秽：丢弃恶性。◎度：行为，态度。◎骐骥（qí jì）：骏马。◎驰骋：马快速奔跑。喻楚王施政有作为。◎来：招呼、引导之词。◎道：通"导"，引导。◎先路：先王的道路。

披上幽香的离草和芷草，缀结秋兰作为配饰。我抓不住易逝的时光，岁月不待人令我心慌。

早上采集山坡上的木兰，傍晚摘取小洲中的宿莽。日月倏忽而过，四季更替循环。

想到草木终会凋零，不禁担心美人也会日渐衰老。何不趁着壮年丢掉肮脏丑恶，就此改变态度？

骑上骏马纵横疾驰，来吧，我在前方开路！

诗歌赏析

屈原在《离骚》中，既抒发了他对昏君、佞臣和世俗的憎恨，也表现了他对楚国命运的关心，以及他绝不与奸佞小人同流合污，誓死以报的决心，九死不悔。

屈原的理想是远大的，其系念楚国的热情是赤诚的。他在楚国这样一个上有昏君、下有佞臣的国度里，为实现理想，奔走革新，表现出了其对人民和国家的责任感，甚至因此而抛弃对个人得失的计较，全诗中的"亦余心之所善兮，虽九死其犹未悔"，"民生各有所乐兮，余独好修以为常。虽体解吾犹未变兮，岂余心之可惩"，"夫孰非义而可用兮？孰非善而可服？阽余身而危死节兮，览余初其犹未悔"等词句，正是他对"来吾道夫先路"的真实展现。他执着于理想，不为形势的险恶而动摇，表现出其为理想献身的极大勇气。

离骚（节选）

其二

长太息以掩涕兮，哀民生之多艰。

余虽好修姱以鞿羁兮，謇朝谇而夕替。

既替余以蕙纕兮，又申之以揽茝。

亦余心之所善兮，虽九死其犹未悔。

怨灵修之浩荡兮，终不察夫民心。

众女嫉余之蛾眉兮，谣诼谓余以善淫。

注释 ◎长（cháng）：长长。◎太息：叹息。◎掩涕：抹擦眼泪。◎民生：即人生。◎鞿羁（jī jī）：马缰绳和马络头。此处诗人以马自喻，说自己十分自律，不放纵自己。◎谇（suì）：进谏。◎替：废。◎蕙纕：填充蕙的香囊。◎申：重复。◎亦：助词，无意义。◎九：数之极也，言其多。浩荡：本意指水面宽阔，此处指心思不着边际。◎民心：人心。此处指朝臣的忠心或者品行不正的小人迫害公正之人的心。◎众女：指朝廷中的群小。屈原常以男女关系喻君臣关系。◎蛾眉：如蚕蛾之触角一样细长而好看的眉，指女子貌美。此处诗人自喻。◎谣诼（zhuó）：造谣中伤。

固时俗之工巧兮，偭规矩而改错。

背绳墨以追曲兮，竞周容以为度。

忳郁邑余侘傺兮，吾独穷困乎此时也。

宁溘死以流亡兮，余不忍为此态也。

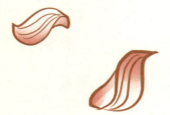

注释 ◎**时俗**：当时的社会风气。◎**工巧**：工于取巧。◎**偭**（miǎn）：背，违背。◎**规矩**：圆曰规，方曰矩，比喻法则。◎**改错**：改变措施或安排。错，通"措"。◎**背**：违背。◎**绳墨**：木工墨斗上装有墨绳来取直，喻指法度。◎**追曲**：随意弯曲没有定则。◎**周容**：此处指追随世俗以取悦他人。◎**度**：常规或法度。◎**忳**（tún）：忧郁，烦闷。◎**郁邑**：烦闷之意。◎**侘傺**（chà chì）：失意怅然，无所适从的样子。◎**宁**（nìng）：宁可，宁愿。◎**溘**（kè）：突然。◎**流亡**：随水漂流而去。◎**此态**：这种姿态，指上文"竞周容以为度"而言。

　　我长长叹息着掩面拭泪，哀叹人生道路多么艰难。我虽爱好美德严于律己，但早上进谏傍晚就被罢免。

　　他们攻击我身佩蕙草，又指责我采集兰茝。我喜爱它们，为此即使万死也不后悔。

　　怨楚王荒唐又糊涂，始终体察不到忠邪之心。小人嫉恨我的德行，造谣说我作风不好。

　　社会风气就是投机取巧，背弃原则又改变措施。违背是非标准而追求奸诈，争相取悦且以此作为惯例。

　　忧郁烦闷又失意不安，现在只有我孤独穷困不得重用。宁可突然死去形体不存，我也坚决不做迎合流俗的样子。

诗歌赏析

　　屈原是富于批判精神的，屈原以深沉的悲愤和怨愁批判了楚君之壅塞、群小之奸佞和世俗之谄媚，歌颂了彭咸、比干、伍子胥等忠直之士的勇敢品质。全诗中，屈原劝告楚王向尧舜学习，不要学桀纣羿浇，但楚王不听屈原的劝告。结果，他只能"长太息以掩涕兮"，长长地叹息，终于酝酿成决绝的愤怒，赴渊而死。其自杀之行为，是对楚国君臣最沉痛的批判。

离骚（节选）

其三

驷玉虬以乘鹥兮，溘埃风余上征。

朝发轫于苍梧兮，夕余至乎县圃。

欲少留此灵琐兮，日忽忽其将暮。

吾令羲和弭节兮，望崦嵫而勿迫。

路曼曼其修远兮，吾将上下而求索。

注释
◎驷：四匹马拉车，这里作动词用，驾。◎虬（qiú）：一种龙，没有角。◎鹥（yì）：传说中的鸟名，凤凰之属，身有五彩花纹。◎埃风：卷起尘土的风。◎发轫（rèn）：出发，启程。◎苍梧：苍梧山，相传舜葬于苍梧山。◎县（xuán）圃：悬圃，神山，在昆仑山上。◎少：稍稍。◎灵琐：神灵处所的大门。◎羲和：神话中为太阳驾车的神。◎弭（mǐ）节：按节徐步慢行。◎崦嵫（yān zī）：传说太阳落下的地方。◎勿：一作"未"。◎迫：近，靠近。◎曼曼：遥远的样子。一作"漫漫"。◎修：长。◎求索：寻求，探索。

驾着玉虬拉的凤车，迅速地乘风冲上云霄。早上从苍梧山出发，傍晚就到了昆仑山。

我打算在神灵门前稍稍逗留，夕阳西下，暮色已经降临。我让羲和徐步慢行，别急着让太阳靠近崦嵫山。

前途漫长遥远，我将上天入地不遗余力地追求理想。

诗歌赏析

《离骚》是一首充满激情的政治抒情诗，是一首现实主义与浪漫主义相结合的艺术杰作。诗中不仅运用了神话、传说材料，也大量运用花草、禽鸟，以寄托情意，如"吾令丰隆乘云兮，求宓妃之所在""朝饮木兰之坠露兮，夕餐秋菊之落英"等。从构思上说，《离骚》描写了两个世界：现实世界和超现实世界，诗人所展现的背景是广阔的、瑰丽的、雄伟的，其借助自己由人间到天上、由天上到人间的变化，展现了诗人在政治上的努力挣扎与不断追求的顽强精神。

九歌·东皇太一

吉日兮辰良，穆将愉兮上皇。抚长剑兮玉珥，璆锵鸣兮琳琅。

瑶席兮玉瑱，盍将把兮琼芳。蕙肴蒸兮兰藉，奠桂酒兮椒浆。

扬枹兮拊鼓，疏缓节兮安歌，陈竽瑟兮浩倡。

灵偃蹇兮姣服，芳菲菲兮满堂。五音纷兮繁会，君欣欣兮乐康。

注释 ◎穆：虔诚，恭敬。◎愉：快乐，此处是使动用法，使快乐。◎上皇：谓东皇太一。◎抚：持。◎珥（ěr）：剑珥，剑鞘出口旁像两耳的突出部分，又叫剑鼻。◎璆锵（qiú qiāng）：璆，美玉；锵，玉佩发出的声音。◎琳琅：美玉。◎瑶席：华美如瑶的席子。瑶，美玉。◎玉瑱（zhèn）：玉器，用来压坐席。◎盍（hé）：何不。◎把：持。◎琼：玉枝。◎蕙肴：以蕙草蒸的肉。◎蒸：奉而进之。◎兰藉：垫在祭食下的兰草。◎奠：置祭，献祭。按：此处"蕙肴""兰藉""桂酒""椒浆"，皆指芳香之物，形容祭品之丰，祭礼之隆，不一定都是实指。◎扬枹（fú）：扬起鼓槌，挥动鼓槌。◎拊：击。◎疏：稀疏。◎缓：缓慢。◎节：击鼓之节拍。◎安歌：指歌声随着节奏舒缓而平稳。◎陈：陈列。◎浩倡：引吭高歌。◎灵：此指扮演天神的灵巫。◎偃蹇（yǎn jiǎn）：形容舞姿屈伸自如，婉转灵活。◎姣服：指美丽的服饰。◎芳菲菲：形容芳香大盛。◎五音：是我国古代传下来的"五声"音阶。◎繁会：形容乐声繁盛而错杂交会。◎君：此处指东皇太一。◎欣欣：高兴的样子。

在这良辰吉日，虔诚地娱悦东皇神。手抚长剑，玉石为珥，佩玉叮当碰撞清越响亮。

坐席华美，玉瑱压边，有如玉的香花可供把玩。用蕙草蒸肉摆放在垫有兰草的盘子上，献上桂椒酿制的美酒琼浆。

祭巫高举鼓槌敲起鼓，节奏舒缓，歌声悠扬，在竽瑟声中引吭高歌。

巫师服饰华美，舞姿婉转，芳香满堂。各种乐声交会，东皇神欢喜安乐。

诗歌赏析

太一神是天神中最尊贵的一个，居东方，所以称为东皇太一。

作为《九歌》的第一篇，《东皇太一》所祀的是最尊贵的天神，但对于神的功德，并没有作正面歌颂，而是从环境气氛的渲染里表达出敬神之心、娱神之意。

诗歌最初四句，简洁而又明了地写出了祭祀的时间与祭祀者们对东皇太一神的恭敬与虔诚。接着描述了祭祀所必备的祭品瑶席、玉瑱，以及欢迎太一神的鲜花、美酒和佳肴。这期间，乐师们举槌击鼓，奏起舒缓、悠扬的音乐，预示着神将要降临了。末尾四句描述的是祭祀的高潮，神穿着美丽的衣服跳着动人的舞来到了人间。这时候钟鼓齐奏、笙箫齐鸣，欢乐气氛达到最高潮。

九歌·云中君

浴兰汤兮沐芳，华采衣兮若英。灵连蜷兮既留，烂昭昭兮未央。

蹇将憺兮寿宫，与日月兮齐光。龙驾兮帝服，聊翱游兮周章。

灵皇皇兮既降，猋远举兮云中。览冀州兮有余，横四海兮焉穷。

思夫君兮太息，极劳心兮忡忡。

注释 ◎浴：洗身体。◎沐：洗头发。古人在祭祀前斋戒沐浴，以示虔诚。◎华采：指色艳鲜明。◎若英：杜若之花。◎灵：应指云中君。◎连蜷（quán）：舒曲回环的样子。◎烂昭昭：此处指神灵降临时显现出的灿烂光辉。◎未央：未已，无尽。◎蹇：楚方言之发语词，无实义。◎憺（dàn）：安适。◎寿宫：本是虚拟云中君在天上的宫室，也实指精心陈设布置的祭神坛场。◎龙驾：此指以龙驾驶之车。◎帝服：指天帝穿的五彩之服。◎聊：聊且，姑且。◎周章：周游浏览。◎皇皇：犹"煌煌"，美好貌。◎猋（biāo）：本为群犬疾奔貌，引申为迅疾貌。◎远举：远扬高飞。◎览：观览。◎冀州：谓今四海之内。◎有余：指超过这个范围。◎横四海：即横绝四海。◎焉穷：安穷，何穷，此言无穷，与上句"有余"相对。◎夫：语助词。◎君：此处指云神。◎极劳心：极尽其思慕之劳忧。◎忡忡：忧思不宁貌。

用兰汤沐浴，穿上华美的五彩衣服。云神翩翩而来，降临时显现出无尽的灿烂光辉。

祭坛就像云神的天宫一样安适，云中君的光芒与日月齐辉。坐着龙拉的车，穿着五彩之服，姑且在空中翱翔，周游四方。

光辉灿烂的云神已经降临，忽又疾速冲上云霄。观览四海内外，哪里才是尽头？

思念云神啊，不由得叹息，思慕之心让人心神不宁。

诗歌赏析

本篇乃是祭天上云神的诗歌，颂扬了云神的神威无边，泽及四海，也表达了祭者对神的依恋。

前两句写神降临前人们所做的准备——香汤沐浴、华衣着身，虔诚之意毕现，表达人们对云神的祈求，从侧面也可看出云神的威严。紧接着四句写云中君"降临"祭堂，安然快乐地出现于神堂之上，颂其德泽"与日月兮齐光"。其后六句写云神乘着龙车，身着彩服，逍遥遨游。"览冀州兮有余"正说明云神的恩德是遍及九州四海的。最后两句写祭者对神的依恋，云神既降而去，所以思之太息。

九歌·湘君 （节选）

驾飞龙兮北征，遭吾道兮洞庭。薜荔拍兮蕙绸，荪桡兮兰旌。

望涔阳兮极浦，横大江兮扬灵。扬灵兮未极，女婵媛兮为余太息。

横流涕兮潺湲，隐思君兮陫侧。

注释 ◎飞龙：舟名。以龙引舟，或舟形似龙、舟行如龙飞，故曰"飞龙"。◎北征：北行。◎遭（zhān）：楚方言，转弯，迂回。◎洞庭：洞庭湖，在今湖南省境内。◎薜荔（bì lì）：香草。常绿藤本植物，多附石壁或树木上生长。◎拍：一作"柏"，壁衣，屋饰。◎蕙绸：言以蕙为帷帐，或以蕙饰帷帐。◎荪（sūn）：香草名，又叫溪荪，俗名石菖蒲。◎桡（ráo）：旗杆上的曲柄，一说为船桨。◎兰旌：以兰草饰于旗杆顶端，或直指以兰草为旌旗。旌，旗的一种，旗杆顶端饰以牦牛尾或羽毛。◎涔（cén）阳：涔水北岸的地名，位于洞庭湖西北。◎极浦：遥远的水涯。极，远也。◎横：横绝，即渡水。◎扬灵：神驰远眺。一说"灵"通"舲"，一种有窗的船。扬灵意为划船前进。◎未极：指未到湘君之侧。◎女：当指湘夫人身边的侍女。◎婵媛（chán yuán）：指由于内心的关切而表现出牵挂不舍的样子。◎余：湘夫人自谓。◎横流涕：指涕泪纵横的样子。横，纵横。◎潺湲（chán yuán）：本指水徐流，此处指涕泪缓缓涌流。◎隐：痛苦。◎君：此处指湘君。◎陫（fěi）侧：悲苦凄切。

乘着龙舟北行，转道来到洞庭湖。用薜荔装饰船壁，蕙草装点帷帐，以香荪装饰船桨，兰草装点旌旗。

遥望远在水边的涔阳，横渡大江，神驰远眺。还是没有见到湘君，身边的侍女也在叹息！

涕泪纵横，滚滚而下，思念湘君啊痛苦哀愁。

诗歌赏析

《湘君》和《湘夫人》是古代楚人对湘江水神的祭歌。湘君是湘水男神，湘夫人是湘水女神。

选篇描写了湘夫人的急切心情。由于久等湘君不至，湘夫人便驾着轻舟向北往洞庭湖去寻找，忙碌地奔波在湖中江岸，她从湘江北上，转道洞庭，西望涔阳极浦，而后进入大江，行遍了洞庭湖及周围的主要江河，仍然不见湘君的踪影。湘夫人的执着使身边的侍女也为她叹息。旁人的叹息，深深地触动和刺激了湘夫人，她更加悲伤与委屈，因而伤心痛苦以致泪如泉涌。

九歌·湘夫人（节选）

帝子降兮北渚，目眇眇兮愁予。嫋嫋兮秋风，洞庭波兮木叶下。

白蘋兮骋望，与佳期兮夕张。鸟萃兮蘋中，罾何为兮木上？

沅有茝兮澧有兰，思公子兮未敢言。荒忽兮远望，观流水兮潺湲。

注释　◎帝子：谓湘夫人。◎降：降临。◎眇（miǎo）眇：瞻望弗及、望眼欲穿之貌。◎愁予：即予愁，因望而不见使我（湘君）痛苦。此处"予"当指湘君。一说为忧愁之意。◎嫋（niǎo）嫋：柔弱曼长貌，此指微风轻拂貌。◎波：动词，扬波。◎木叶：特指秋天枯黄的落叶。◎下：落下。◎白蘋（fán）：指到长着草的地方。白蘋，湖畔小草，秋天生。◎骋望：纵目远望。◎佳：佳人，指湘夫人。◎期：动词，约期相会。◎夕：黄昏。◎张：陈设布置。◎萃：集聚。◎蘋（pín）：水草，生于浅水，又称"四叶菜"。◎罾（zēng）：用竿撑起的一种渔网。◎兰：香草，即兰草或泽兰。◎公子：犹言"帝子"，指湘夫人，古人亦称女子为"公子"。◎荒忽：同"恍惚"，渺茫隐约、若有若无貌。一作"慌惚"。

湘夫人降落在洞庭湖北岸的小洲，望而不见使我惆怅。秋风微拂，洞庭湖扬起波浪，黄叶纷纷落下。

登上白薠丛生的高处纵目远望，这是与佳人约会的美好时刻，我早已准备停当。鸟儿为什么聚集在水草中？渔网为什么挂在树梢上？

沅水生有白芷，澧水长着兰草，我思念湘夫人却不敢明讲。我神思恍惚望着远方，只见流水缓缓流淌。

作为《湘君》的姊妹篇，《湘夫人》为祭湘水女神的诗歌，描述了湘君来到约会地北渚，却不见湘夫人的惆怅和迷惘，表达了湘君对湘夫人的思念。诗歌从开始到"观流水兮潺湲"描写了湘君对湘夫人虔诚的期盼与渴望。

这两首诗（《湘君》《湘夫人》）自始至终充满离别的悲哀与失望的情愫，这种悲剧情感由舜与二妃故事的内容所决定，有人认为这两首诗是屈原借以抒发自己的"愁思"，也不无道理。

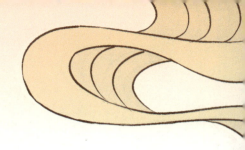

九歌·东君（节选）

暾将出兮东方，照吾槛兮扶桑。

抚余马兮安驱，夜皎皎兮既明。

驾龙辀兮乘雷，载云旗兮委蛇。

长太息兮将上，心低徊兮顾怀。

注释 ◎暾（tūn）：初升的太阳。◎吾：此处是由灵巫代扮的日神，自称"我"。◎槛（jiàn）：栏杆或门槛。◎扶桑：传说中的树名。◎抚：通"拊"，拍，击。◎马：车，日所乘也。◎安驱：徐徐前行。◎皎皎：光明貌。◎辀（zhōu）：车辕，这里以局部代整体，代车。◎乘雷：指车轮滚动之声洪大如雷。◎云旗：以云霞为旗。◎委蛇（wēi yí）：亦作"逶迤"，舒卷自如貌，宛转延伸貌。◎上：上升于中天。◎低徊：徘徊不进，意为眷顾怀恋。

日出东方，来自神树扶桑的光芒照在我的门槛上。

拍马缓缓前行，夜色散去，随即迎来光明。

驾着龙车，轮声如雷，云霞做的旌旗舒卷蜿蜒。

长长地叹息一声，我将飞升于天，内心徘徊，眷恋不舍。

诗歌赏析

　　《东君》是对太阳神的一曲颂歌，诗歌以一轮喷薄而出的红日为开端，将气氛渲染得十分浓烈。紧接着描写了一个日神行天的壮丽场面，他驾着龙车，响声如雷，云旗招展，何等显赫。后两句笔锋一转，东君发出长长的叹息，叹息自己将回到栖息之所，而不能长久陶醉在给人类带来光明的荣耀中。

　　本篇所塑造的日神形象就是太阳本身的形象。他从吐出光明到渐渐升起，从丽影当空到金乌西坠，始终在勤劳不息地运行，给人以光明的、伟大的、具有永久意义的美感。诗歌的一切，都是紧紧围绕着一个主题，即对太阳的礼赞。

九歌·河伯（节选）

与女游兮九河，冲风起兮横波。乘水车兮荷盖，驾两龙兮骖螭。

登昆仑兮四望，心飞扬兮浩荡。日将暮兮怅忘归，惟极浦兮寤怀。

鱼鳞屋兮龙堂，紫贝阙兮朱宫，灵何为兮水中？乘白鼋兮逐文鱼。

与女游兮河之渚，流澌纷兮将来下。

注释 ◎女：通"汝"，你。◎九河：传说大禹治水时，把黄河分为九道，所以称黄河为九河。◎冲风：暴风。◎横波：指黄河掀起汹涌的波涛。◎水车：能在水中行驶的车，即河伯所乘之车。◎骖螭（cān chī）：以两螭为边马。骖，古车独辕，车辕两内侧的马叫"服"，两外侧的马叫"骖"。螭，古代传说中无角的龙。◎登昆仑：指溯河而上，直至河源昆仑山。◎飞扬：心意飞扬。◎浩荡：指意绪放达，无拘无束，浩荡无边。◎怅：惆怅失意。◎忘归：忘记回家。◎惟：思念。◎寤怀：眷怀。◎阙：古代宫门两侧高台上的楼观。◎朱宫：以珍珠为宫。亦作"珠宫"。◎灵：指河伯。◎鼋（yuán）：鳖科爬行动物，一说大鳖。◎逐：跟从。◎流澌（sī）：犹言流水。◎纷：盛多貌。◎兮：语中助词。

与你畅游在黄河，大风吹过，波涛汹涌。乘着荷叶作盖的水车，双龙为驾，螭在两旁。

登上昆仑山四处眺望，心绪飞扬，无拘无束。令人惆怅的是天色已晚却忘了归去，我还思念那遥远水滨而难以入梦。

鱼鳞盖屋，堂上装饰着龙纹，紫贝砌成楼阙，珍珠点缀宫室。河伯为什么停留在水中央？乘着大鳖，五彩鲤鱼追随身旁。

与你畅游在河中小洲，浩浩河水奔流不息。

诗歌赏析

本篇是祭祀河伯的诗歌。河伯是黄河之神，其得名缘于黄河是众河之长。

选篇描写与河伯共游的情景。大风起兮，波浪翻滚，河伯坐在由飞龙驾驶的水车上，车顶覆盖着荷叶，遨游黄河，溯流而上，一直飞到黄河的发源地昆仑山。来到昆仑，登高一望，面对浩浩荡荡的黄河，不禁心胸大张，意气昂扬。但是很遗憾天色将晚，忘了归去。他所思念的家在哪里呢？那是一个锦鳞披盖的华屋、雕绘蛟龙的大堂、紫贝堆砌的城阙、朱红涂饰的水中之宫。河伯乘着大鳖，边上跟随着有斑纹的鲤鱼，在河上畅游，浩荡的黄河之水缓缓流来。

九歌·山鬼（节选）

若有人兮山之阿，被薜荔兮带女罗。

既含睇兮又宜笑，子慕予兮善窈窕。

乘赤豹兮从文狸，辛夷车兮结桂旗。

被石兰兮带杜衡，折芳馨兮遗所思。

注释 ◎若有人：仿佛似人，指山鬼。◎山之阿（ē）：指山中深曲的地方。◎被：同"披"，穿着。◎带女罗：以女萝为带。女罗，同"女萝"，植物名，又叫菟丝，一种爬蔓寄生植物。◎含睇（dì）：含情而视。◎宜笑：恰当的笑，指笑得很自然。◎子慕予："子"为山鬼思念之人，"予"为山鬼。慕，爱慕。◎窈窕：美的姿态。◎乘赤豹：让赤豹驾车。◎从：使随从。◎文狸：有花纹的狸。◎辛夷车：以辛夷香木做的车。◎结：编织。◎桂：桂树的枝叶。◎芳馨：指香花香草，即石兰、杜衡等。◎遗（wèi）：赠予。◎所思：指所思念的人。

037

山鬼在那山中深曲之处出现，身披薜荔，腰束女萝。

眼中含情，嫣然一笑，你爱慕我的姿态美丽。

赤豹驾车，花狸随从，辛夷木为车，编桂枝为旗。

身披石兰，腰系杜蘅，折下芳香花草赠予我思念的人。

诗歌赏析

山鬼，即山中之神。因其非正神，称之为鬼。楚国有巫山神女的传说，本篇所描写的可能就是巫山神女的形象。山鬼应是女性。

本篇是一首恋歌，通过美丽善良的山鬼的自述，表达了山鬼对爱人的思恋。起始四句用极其精练的语言正面描绘了女神的意态和姿容，她是那样空灵缥缈，仪态万方。接着又极力渲染她的车驾随从：火红的豹子，毛色斑斓的花狸，还有开着笔尖状花朵的辛夷和芬芳四溢的桂枝。

九歌·国殇（节选）

操吴戈兮被犀甲，车错毂兮短兵接。

旌蔽日兮敌若云，矢交坠兮士争先。

凌余阵兮躐余行，左骖殪兮右刃伤。

霾两轮兮絷四马，援玉枹兮击鸣鼓。

天时怼兮威灵怒，严杀尽兮弃原野。

主释 ◎吴戈：吴国所制的戈，当时最锋利。这里用"吴戈"并非实指，而是比喻武器精良。◎犀甲：以犀牛皮为铠甲。◎错毂（gǔ）：指双方的战车交错在一起，古代战车轮轴突出轮外，所以会错毂。◎短兵：短兵器。短，相对于弓矢一类长射程的兵器而言的。◎蔽日、若云：都是形容多的样子。◎交坠：指敌我对射，箭在双方战阵上交相坠落。◎凌：侵犯。◎阵：战阵，古代作战部署的阵势。◎躐（liè）：践踏。◎行：行列。◎殪（yì）：死。◎右刃伤：右边的骖马被刀砍伤。◎霾（mái）：此处指车轮深陷于地下。◎絷（zhí）：绊。◎援：拿着。◎鸣鼓：犹言响鼓。"鸣"是形容词。按：古代作战，击鼓指挥，击鼓者为主将。◎天时怼：天怨神怒，惊天地泣鬼神的意思。怼，一作"坠"。◎威灵：一般理解为威严的神灵。◎严：副词，严厉，严酷。◎尽：犹终止，谓战事结束。

译文

手执锐利的武器，身披犀牛皮铠甲，战车交错，短兵相接。旌旗蔽日，敌方人多如云。双方对射，箭雨纷纷坠落，将士们奋勇向前。

敌人侵犯我阵地，践踏我队伍，左侧的战马死去，右侧的战马被刀砍伤。车轮深陷地下，马被绊住脚，拿起鼓槌擂响战鼓。

战事惊天地泣鬼神，结束后将士们的躯体又被抛弃在荒野。

诗歌赏析

《国殇》是阵亡将士的祭歌，表达了诗人极其沉痛的心情。篇中不但歌颂了英雄们的勇敢和刚强，而且最后以"魂魄毅兮为鬼雄"作结，对洗雪国耻寄予了无限希冀，体现了诗人同仇敌忾的心情。

这十句将一场殊死恶战写得栩栩如生，极富感染力。这是一场敌众我寡的殊死战斗，但将士们仍个个奋勇争先，当敌人来势汹汹，欲长驱直入时，主帅毫无惧色，他举槌擂响了进军的战鼓。一时杀气冲天，苍天也跟着威怒起来。但最终寡不敌众，战场上只留下一具具尸体，静卧荒野。

天问（节选）

圜则九重，孰营度之？惟兹何功，孰初作之？斡维焉系，天极焉加？

八柱何当，东南何亏？九天之际，安放安属？隅隈多有，谁知其数？

天何所沓？十二焉分？日月安属？列星安陈？出自汤谷，次于蒙汜。

自明及晦，所行几里？夜光何德，死则又育？厥利维何，而顾菟在腹？

注释 ◎圜：同"圆"，指天体，谓天形之圆。◎九重：九层。◎孰：谁。◎营度：经营度量，一说，从事测量。◎惟兹：这样。◎何功：何等的功绩，何等的事功。◎作之：为之，指建成。◎斡（guǎn）维：此处指系在枢纽上的绳索。◎天极：天的极点，天的最高点。◎加：放置，安放。◎八柱：古人以为，天由八座如同柱子一般的山支撑起来。◎东南何亏：指东南低。亏，亏缺。◎际：九重天彼此相交接的空间。◎属：连接。◎隅：角。◎隈（wēi）：弯曲的地方。◎沓：会合。◎十二：十二辰。◎属：系。◎汤（yáng）谷：传说中太阳升起的地方。◎次：住宿。◎蒙汜（sì）：传说中太阳落下的地方。◎夜光：此处指月亮。◎德：禀性，本性。◎死：晦而无光。◎育：生。重新明亮起来。此处说的是月亮盈亏的变化。◎厥：其，此处指月亮。◎利：利益，好处。◎顾：眷顾。◎菟：通"兔"。

天体分为九层，是谁测量出来的？这是何等的功业，最初是由谁来完成的？天体轴心枢纽上的绳索系在哪里？天的最高点设在哪里？

支撑天体的八根柱子安放在哪里？东南方为什么地势偏低？九重天彼此交接的地方在哪里，又是怎样连接的？天体隅角众多，谁知道确切的数目？

天地在何处交会？黄道又是怎样划分为十二区的？日月如何悬挂？众星怎样陈设？太阳从汤谷升起，又从蒙汜落下。

从天亮到天黑，它所行多少里？月亮是怎样的禀性，能具有盈亏变化？它有什么优势，而让兔子甘愿居于腹中？

诗歌赏析

《天问》作为咏史之奇作，其所咏包括大自然的形成，天地开辟，天象，地理，夏、商、周三代兴衰，春秋霸主及楚人事迹，以及其自身身世之叹。内容通贯古今上下，所咏并不采取正叙方式，而是一概诘问，自开篇至结尾，向读者提出了一系列问题，这些问题的提出犹如狂涛拍岸，使人窒息，连缀起来，我们又无法寻得间隙思考和回答。但这些问题本身却代表了一种倾向性和立场，已不用我们回答，其意旨同样是清晰的。屈原采用了那种前无古人、后无来者、气势磅礴的叙述结构，反倒更突出表现了他的激情和叛逆精神。

九章·惜诵 （节选）

思君其莫我忠兮，忽忘身之贱贫。

事君而不贰兮，迷不知宠之门。

忠何罪以遇罚兮，亦非余之所志。

行不群以巅越兮，又众兆之所咍。

纷逢尤以离谤兮，謇不可释。

情沉抑而不达兮，又蔽而莫之白。

注释 ◎莫我忠：没有谁比我忠信。◎贰：二，不专一。◎迷：迷惑。◎门：犹言门户，途径。◎遇：遭遇，遭到。◎志：同"知"，犹言意料。◎不群：言自己言行高洁，不同于众。◎巅越：坠落。◎咍（hāi）：嗤笑。◎尤：指责。◎离：同"罹"，遭遇。◎謇：难言。◎释：解释。◎沉抑：犹言沉闷、压抑。◎不达：犹言不能达之于君。◎蔽：遮蔽。◎白：明辩。

心郁邑余侘傺兮，又莫察余之中情。

固烦言不可结诒兮，愿陈志而无路。

退静默而莫余知兮，进号呼又莫吾闻。

申侘傺之烦惑兮，中闷瞀之忳忳。

注释 ◎固：本来。◎烦言：多次所进之言。◎结：结言，口头订约。◎诒：赠言。◎陈志：陈述情志。◎路：道，途径。◎号（háo）：大呼，大声喊叫。◎中：犹言内心，心中。◎闷：烦闷。◎瞀（mào）：烦乱。

思慕君王没人比我更忠诚，竟让我忘了自己贫苦微贱。侍奉君王忠贞不贰，却不知道怎样得到宠遇。

忠心有什么罪要遭到责罚，实在是我意料之外。不与人同流合污而栽了跟头，还要被众人嘲笑。

不断遭到指责和诽谤，却难以解释。心情沉郁，不能上达天听，君王受到蒙蔽，我无法辩明自己的清白。

忧愁失意，独自怅然而立，没人理解我内心的真情。有许多话想说却无法进言，想陈述心志却没有途径。

隐退沉默吧，没人懂我；上前大呼吧，又没人听我的。一次又一次失意烦闷，使我心中满怀忧伤。

这首诗应与《离骚》的写作时间相仿，大体应是屈原遭谗被疏（疏远，冷落）时所作。诗中作者抒发了他因忠诚被小人迫害的冤屈，面对被罚的处境，思考自处之道。马茂元《楚辞选》中说："《惜诵》是说以悼惜的心情称述过去的事实。本篇作于被谗见疏之后，叙述在政治上遭受打击的始末，和自己对待现实的态度，基本内容与《离骚》前半篇大致相似。"

九章·涉江（节选）

余幼好此奇服兮，年既老而不衰。带长铗之陆离兮，冠切云之崔嵬。

被明月兮珮宝璐。世溷浊而莫余知兮，吾方高驰而不顾。

驾青虬兮骖白螭，吾与重华游兮瑶之圃。登昆仑兮食玉英。

与天地兮同寿，与日月兮同光。哀南夷之莫吾知兮，且余济乎江湘。

注释 ◎幼：年少。◎好：喜爱。◎奇服：异服。◎不衰：不懈。◎长铗（jiá）：长长的剑。铗，剑把，泛指剑。
◎陆离：长长的样子。◎切云：高能齐云的帽子。◎崔嵬（wéi）：高高的样子。◎明月：宝珠之名。◎宝璐：美玉。
◎溷（hùn）浊：混浊，混乱。◎莫余知：即莫知余。◎方：正在，将要。◎高驰：向高远处驱驰。◎不顾：不回头，
不返。◎重华：舜。◎圃：园。◎玉英：玉有英华之色。◎南夷：此处指楚人。◎旦：早晨。◎济：渡。◎江湘：长江
和湘水。

译义

　　我自小便喜欢奇异的服饰，进入暮年也兴趣不减。佩带着长长的宝剑，戴着高高的帽冠。身上饰有明月珠，还佩戴美玉。

　　世道混乱，没人理解，我要远走高飞再不回头。乘坐虬龙和螭龙拉的车，我要和重华一起游逛仙境。登上昆仑山品尝如玉之精华的佳肴。

　　要与天地一样长寿，与日月同样光辉。可悲的是楚国没人理解我，我一早就要渡过长江、湘江，去到江南。

诗歌赏析

　　这首诗应该写于屈原被放逐之后。写在《思美人》之后，《怀沙》《惜往日》之前。屈原被疏是怀王时发生的事，被逐则是在顷襄王时期。屈原被逐后，先东行，后折返南行，此诗提及枉渚、辰阳、溆浦等地名，在今湖南常德、怀化、衡阳境内。诗人在诗里表现了自己对初心的坚守。诗中对楚国、楚王已不抱希望。姜亮夫《屈原九章今译》中说："此篇大概写在《哀郢》篇之后，亦却写于屈原仓促离开了陵阳，开始了另一次流亡的那段时间。篇中流露着无限的去国之悲。"

九章·哀郢 （节选）

发郢都而去闾兮，荒忽其焉极？

楫齐扬以容与兮，哀见君而不再得。

望长楸而太息兮，涕淫淫其若霰。

过夏首而西浮兮，顾龙门而不见。

心婵媛而伤怀兮，眇不知其所蹠。

顺风波以从流兮，焉洋洋而为客。

注释 ◎郢（yǐng）：楚国故都。◎闾（lǘ）：里巷的大门。◎楫（jí）：船桨。◎扬：举。◎容与：徘徊不前的样子。◎长：大也。◎楸（qiū）：一种树木。◎淫淫：泪流不止的样子。◎夏首：夏水口，又称夏口。◎浮：船漂流。◎龙门：楚国都城东门。◎眇：远。◎蹠（zhí）：脚踏地。◎洋洋：无家可归的样子。

凌阳侯之氾滥兮，忽翱翔之焉薄？

心絓结而不解兮，思蹇产而不释。

将运舟而下浮兮，上洞庭而下江。

去终古之所居兮，今逍遥而来东。

注释　◎凌：乘。◎阳侯：传说是古代的诸侯，溺死于水，成为水神，能兴起大波浪。◎氾（fàn）滥：大水漫流。◎薄：止。◎絓（guà）结：缠绕郁结。◎蹇产：郁结不畅。◎释：解除。◎运：回转。◎下浮：顺流而下。◎终古之所居：自古居住之地，指郢都。

从郢都出发离开故土，惆怅恍惚不知该去哪里？桨一齐扬起，船却徘徊不前，哀伤的是再见不到君王。

望着高大的楸树长叹，眼泪像雪珠一样纷纷而下。船过夏口向西漂流，回头已看不见郢都龙门。

心中不舍而伤心悲哀，前路茫茫不知去何处。顺着风浪行进，漂泊无依。

乘着波涛漂流，像鸟儿一样飞起，却不知该在何处栖息。心中烦思无法排解，思绪郁结无法释怀。

将要驾船顺流而下，来到洞庭又漂到长江。离开世代居住的郢都，漂泊来到东方。

诗歌赏析

该诗应是屈原被放逐离开郢都时所写，时间在《涉江》之前。诗人离开郢都，沿洞庭湖东行，到了位于今安徽境内的九华山一带。诗人虽东行，但仍思念楚国都城的人与事，对自己无罪而被逐耿耿于怀。汤炳正《楚辞今注》中说："这篇作品写于屈原被流放至陵阳的第九年，其中亦包括对自己于顷襄王二年被流放时启行的追忆。因本篇主题是写对故都的思念和痛惜，故以'哀郢'为题。"

九章·抽思（节选）

兹历情以陈辞兮，荪佯聋而不闻。

固切人之不媚兮，众果以我为患。

初吾所陈之耿著兮，岂至今其庸亡？

何独乐斯之蹇蹇兮，愿荪美之可完。

望三五以为像兮，指彭咸以为仪。

夫何极而不至兮，故远闻而难亏。

善不由外来兮，名不可以虚作。

孰无施而有报兮，孰不实而有获？

注释 ◎兹：此。◎历：犹言陈列。◎佯：佯装，假装。佯，一作"详"。◎切：恳切。◎媚：谄媚。◎众：众人。◎患：忧患。◎初：当初。◎耿著：犹言光明正大。◎庸：乃。◎亡：忘。◎蹇蹇：忠诚正直。◎荪美：君主的美德。◎三五：当指三王五霸。王，指三王，即禹、汤、周文王；五，指春秋五霸。一说指三皇五帝。◎像：榜样。◎彭咸：殷之贤大夫。◎仪：犹言榜样或标准。◎至：到。◎闻：名声。◎亏：亏减。◎作：兴起。◎实：果实，这里作动词。

历数实情来表明心迹，君王却装聋不听。恳切正直的人本就不会谄媚，一众小人果然把我视为祸患。

当初我所说的明明白白，难道现在都忘了？为什么我总是乐于保持忠诚正直？是希望君王的美德能得到保全。

愿君王以三王五霸为榜样，我则以贤臣彭咸为楷模。这样我们可以做到最好，从而声名远播。

善行不是本来就有的，名声不能作假。谁能不付出却得到回报，谁能不播种而有所收获？

诗歌赏析

此诗是屈原被疏后至汉水北所写。诗中回忆了他向楚王建议不要革新政治，遭受谗害而被放逐的情况。汉北之地，即今河南南阳，湖北襄阳、郧（yún）阳一带。金开诚《屈原集校注》中说："本篇以'抽思'为题，是选取了篇中少歌中'抽思'（或作抽怨）一词。'抽思'的意思是抽绎其所思，也就是将自己心中万端思绪理出头绪，以吐出心中的愁闷。屈原在《抽思》中，抒发了自己遭谗被逐、忠直之心不为怀王所知、政治理想不得实现的忧思。他希望得到怀王的理解，热切地盼望有一天能回到郢都，重新被怀王所信用，以实现他的政治理想。《抽思》表达了屈原在流放地对郢都深切的思念，他那梦魂一夕而九逝、眷顾楚国、系心怀王的拳拳之心感人肺腑，使《抽思》仍然具有动人心魄的艺术力量。"

九章·怀沙（节选）

任重载盛兮，陷滞而不济。

怀瑾握瑜兮，穷不知所示。

邑犬之群吠兮，吠所怪也。

非俊疑杰兮，固庸态也。

文质疏内兮，众不知余之异采。

材朴委积兮，莫知余之所有。

注释 ◎盛：多。◎滞：滞留。◎济：成。◎怀瑾握瑜：怀，怀揣。握，手握。瑾、瑜，二者都是美玉。◎非俊疑杰：非，否定、毁谤。疑，怀疑、猜忌。俊、杰，有才能的人。◎庸态：庸人之常态。◎文质：文质朴而不艳。◎疏：犹言迂阔。◎内（nè）：木讷。◎材：可用之木。◎朴：未加工的木材。◎委积：堆积。◎莫：没有人。

译文

负担太大，承载过多，陷入停滞难以达成目标。具备高尚的美德却因为不得志而无法展示。

群狗齐吠，叫咬的是它们不常见的人事。毁谤猜忌有才能的人，这本是庸人的常态。

我文质彬彬，迂阔木讷，众人不知道我独特的风采。栋梁之材堆积在一边啊，没人知道我的才华。

诗歌赏析

该诗应是屈原被逐南行时所作，其创作时代应晚于《思美人》。诗中表现了诗人对现实黑暗的绝望之情，他对自己的才能不被重视多有怨愤，但已明白身处乱世，其遭遇是必然的。游国恩在《楚辞论文集》中说："《怀沙》一篇大致说他坚持正义，不改初衷。由于'党人之鄙固'，颠倒黑白，不能了解他，所以自己的理想与愿望不能实现。他虽然也说到'冤屈'，说到'曾伤''永叹'，然而不比《抽思》《哀郢》《悲回风》等篇所表现得那么悲痛。"

九章·思美人（节选）

开春发岁兮，白日出之悠悠。

吾将荡志而愉乐兮，遵江夏以娱忧。

擥大薄之芳茝兮，搴长洲之宿莽。

惜吾不及古人兮，吾谁与玩此芳草？

解萹薄与杂菜兮，备以为交佩。

注释　◎开春发岁：开春岁首。◎悠悠：娴静悠长的样子。◎荡志：犹言荡涤忧思。◎江夏：两水名。◎娱忧：犹言消解忧愁。◎擥（lǎn）：摘取。◎薄：草木丛生处。◎玩：玩赏。◎解：折取。◎萹（biǎn）：萹蓄，一年生草本植物。◎交佩：合而佩之。交，合。

佩缤纷以缭转兮，遂萎绝而离异。

吾且僮佪以娱忧兮，观南人之变态。

窃快在中心兮，扬厥凭而不竢。

注释 ◎缤纷：盛多貌。◎缭：缭绕。◎萎绝：草木枯死凋落。◎僮（chán）佪：一作"徘徊"，徘徊不前的样子。
◎变态：不正常的情态。◎窃快：隐藏而不敢公开的快乐。◎扬厥凭：犹言抒发愤懑。厥，其。◎竢（sì）：等待。

　　春天到来，新年伊始，白昼闲静悠长。我将放纵恣肆、欢乐开怀，沿着河流消解忧愁。

　　摘取丛林中的茝草，采集沙洲上的宿莽。可惜我未赶上古代先贤的时代，还能与谁一起赏玩这些芬芳的花草？

　　折取萹蓄和蔬菜，备作左右佩戴。佩饰色彩缤纷，缭绕于身，最终却干枯凋落而被丢弃。

　　我姑且徘徊逍遥，排遣忧愁，观察南人不正常的情态。快乐在心头，抒发出愤懑而不再有所期盼。

　　这首诗中提到江夏、南行，应是屈原被逐后的作品。其写作时代在《哀郢》之后。作者提到"媒绝路阻"问题，显然在被逐初期，屈原还寄希望能重新得到报效楚国的机会。马茂元《楚辞选》中说："本篇是顷襄王初期屈原被放逐到江南时途中的作品。篇中所记途程及追述的往事，均一一可证。以篇首'思美人'三字名篇，'美人'系指顷襄王，当时屈原思国之情，还没到灰心绝望的境地。他热切地希望顷襄王能够幡然醒悟，发愤图强，报仇雪耻。"

九章·惜往日（节选）

或忠信而死节兮，或泄谩而不疑。

弗省察而按实兮，听谗人之虚辞。

芳与泽其杂糅兮，孰申旦而别之？

何芳草之早夭兮，微霜降而下戒。

谅聪不明而蔽壅兮，使谗谀而日得。

自前世之嫉贤兮，谓蕙若其不可佩。

妒佳冶之芬芳兮，嫫母姣而自好。

虽有西施之美容兮，谗妒入以自代。

注释

◎死节：为坚守节操而死。◎泄谩（yí mán）：欺诳。◎不疑：言人君不疑。◎按：考察。◎虚辞：不实之说。◎申旦：日日。◎别：辨别，识别。◎夭（yāo）：夭亡。◎戒：警诫，一说告诫。金开诚曰："以上二句说：为什么芳草短命早死？那是微霜降下对它的摧残。"◎谅：确实，的确。◎得：得志。◎佳冶：指容貌美者。◎嫫（mó）母：貌丑者。◎姣：容貌美丽。◎代：取代。

有人忠贞诚信却为坚守节操而死，有人欺瞒狡诈却不被怀疑。不审视考察加以验证事实，却听信小人的不实之说。

芬芳与恶臭混杂，谁会天天去辨别？为什么芳草短命早死？那是微霜降下对它的摧残。

实在是君王不够耳聪目明受到蒙蔽，才使阿谀之人日益得势。自古以来嫉贤妒能的人都说，蕙草杜若不能佩戴。

嫉妒佳人的风姿芳美，嫫母丑陋却自以为美好。即使有西施那样的美貌，也会遭到小人忌妒陷害而被其取代。

该诗通过诗人对自己过往政治经历的叙述，表达了自己对楚国政治的失望，他发现正直的贤才被弃用、枉道邪行的小人受重用是昏庸时代的普遍现象，他愿为躲避灾祸而马上赴渊自尽。游国恩《楚辞论文集》中说："《惜往日》是屈原的绝笔，是他的最后一首述志诗。"马茂元《楚辞选》中说："本篇以首句'惜往日'名篇。综括叙述生平的政治遭遇，痛惜自己的理想和主张受到谗人的破坏而未能实现，说明自己不得不死的苦衷；并希望以一死刺激顷襄王的最后觉悟。通篇语意明切，可以肯定是作于《怀沙》以后的绝命词。"

九章·橘颂

后皇嘉树，橘徕服兮。受命不迁，生南国兮。

深固难徙，更壹志兮。绿叶素荣，纷其可喜兮。

曾枝剡棘，圆果抟兮。青黄杂糅，文章烂兮。

精色内白，类可任兮。纷缊宜修，姱而不丑兮。

注释 ◎后：后土。◎皇：皇天。◎嘉：美。◎徕（lái）：同"来"。◎服：谓服习当地水土。◎受命：受天命。◎迁：迁徙。◎深固：根深而坚固。◎徙：迁徙。◎壹：专一。◎素：白。◎荣：华，花。◎可喜：犹言可爱。◎曾枝：层层叠叠的树枝。曾，通"层"。◎剡（yǎn）棘：锐利的刺。◎果：果实。◎抟（tuán）：通"团"，圆。◎文章：美丽的图案和花纹。◎烂：灿烂。◎精：明亮。◎内白：内质洁白。◎类：似、貌。◎纷缊（yūn）：繁盛的样子。◎宜修：修饰合宜得体，指善于修饰。◎姱：美。

嗟尔幼志，有以异兮。独立不迁，岂不可喜兮？

深固难徙，廓其无求兮。苏世独立，横而不流兮。

闭心自慎，终不失过兮。秉德无私，参天地兮。

愿岁并谢，与长友兮。淑离不淫，梗其有理兮。

年岁虽少，可师长兮。行比伯夷，置以为像兮。

注释 ◎嗟：叹词。◎尔：汝，指橘而言。◎幼志：自幼的志向。◎不迁：不迁徙，不可移植。◎廓：空阔广大。◎苏：清醒。◎流：随流于俗。◎闭心：将独立之志藏在心里。◎自慎：谨慎自守。◎秉：执。◎参：比。◎岁：年岁，时日。◎谢：离去。◎长友：长为朋友。◎淑：善。◎离：通"丽"，美好。◎不淫：不淫惑。◎梗：正直。◎理：条理。◎行：德行。◎伯夷：孤竹君之子，拒绝君主之位，行为高洁，不受世俗利益引诱，后饿死。◎像：法式，榜样。

天地孕育的美好橘树，生来就适应这方水土。受天之命绝不迁徙，就生长在南方。根深牢固难以迁徙，更具有专一的心志。

绿叶白花，缤纷可爱。层叠的树枝，锐利的尖刺，圆圆的果实聚成团。青黄混杂，色泽灿烂。外表明艳，内质洁白，就像可担负重任的君子。生长繁盛，修饰得当，美丽得令人难以生厌。

赞叹你自幼志向便与众不同。独立于世不肯迁移，怎能不令人喜爱！根深蒂固难以移动，胸怀开阔别无所求。清醒地独立在世间，决不屈从俗流。坚守心志谨慎自重，始终不犯过错。秉持道德品行无私，可以比肩天地。我的年华虽与岁月一起流逝，但愿与你长久为友。善良美丽而从不放纵，坚强正直而有条理。年纪虽小，可为人师。品行堪比伯夷，可以作为榜样来学习。

诗歌赏析

该诗颂扬橘树受命不迁，始终如一，坚持人生底线的独立精神，其中也寄托了作者的个人情怀。屈原精神价值的核心，是他继承儒家的价值坚守，不随波逐流。这首咏物诗正体现了这一点。马茂元《楚辞选》中说："通篇就橘的特性和形象细致地做出拟人化的描写，实际上就是作者完整人格和个性的缩影。它不黏滞于所歌颂的事物的本身；但同时也没有脱离所歌颂的事物。这样就使得在本篇中作者的主观心情渗透了客观事物，而凝成了一个完满的艺术形象，为后来的咏物诗开辟了一条宽广的道路，树了一个光辉的榜样。"

远游 （节选）

春秋忽其不淹兮，奚久留此故居？

轩辕不可攀援兮，吾将从王乔而娱戏！

餐六气而饮沆瀣兮，漱正阳而含朝霞。

保神明之清澄兮，精气入而粗秽除。

顺凯风以从游兮，至南巢而壹息。

见王子而宿之兮，审壹气之和德。

注释 ◎春秋：岁月。◎轩辕：即黄帝。◎攀援：攀附，跟随。◎王乔：即王子乔，传说中的古仙人，好吹笙，作凤鸣。◎娱戏：娱乐、嬉戏。◎餐：食用。◎六气：天地四时之气。◎沆瀣（hàng xiè）：夜间的水汽。◎正阳：日中之气。◎神明：人的精神。◎清澄：清澈。◎精气：即上文所说的六气。◎粗秽：混浊之气。粗，杂而不纯。◎凯风：南风。◎南巢：南方凤鸟栖居的地方。◎壹息：稍事休息。◎王子：即王子乔。◎宿：留宿休息。◎审：究问，探求。◎壹气：精纯之气。◎和德：中和之妙。

春去秋来，岁月倏忽而过，从不停留，何必久留故乡？追随不了轩辕黄帝，我将跟从仙人王子乔一起游乐。

我吞食天地四时之气而啜饮清露，吮吸日中之气而含咀朝霞。保持精神清明澄澈，吸入六气而排出浊气。

我乘着南风出游，在南方凤鸟栖居处稍事休息。看见王子乔就在那儿停留，我便向他探求元气精妙的真谛。

诗歌赏析

汤炳正《楚辞今注》中说："屈原晚年政治失败，复遭谗言，为顷襄王所流放。其辅佐楚王推行改革的政治理想不能实现，流放在外，返国无望，故以黄老道家中神仙方士之说，抒发愤懑，排遣苦闷。"

根据近年出土文献，赋兴盛于战国，同时，神仙思想也在战国多有。《远游》的主题和写作手法与《离骚》类似，是中国古代游仙文学的源头。

渔父（节选）

屈原既放，游于江潭，行吟泽畔，颜色憔悴，形容枯槁。

渔父见而问之曰："子非三闾大夫与？何故至于斯？"

屈原曰："举世皆浊我独清，众人皆醉我独醒，是以见放。"

渔父曰："圣人者不凝滞于物，而能与世推移。世人皆浊，何不淈其泥而扬其波？众人皆醉，何不铺其糟而歠其醨？何故深思高举，自令放为？"

注释 ◎渔父（fǔ）：渔翁。◎既：已经。◎放：流放。◎江潭：泛指沅湘之间。潭，水之深处。◎行吟：边走边吟。◎泽畔：水边。◎颜色：脸色。◎形容：身体和容貌。◎子：古代对男子的尊称。◎三闾大夫：旧说以为掌宗室教育等项之官，钱穆认为乃邑大夫（即封地的行政长官）。◎至于斯：到了这个地步。◎清：清洁。◎醉：昏聩无知。◎醒：头脑清醒。◎是以：因此。◎见：被。◎圣人：有最高智慧的人。◎凝滞：拘泥。◎物：外物。◎推移：推进，变化。◎淈（gǔ）：搅浑，扰乱。◎铺：食；吃。◎歠（chuò）：饱；啜。◎醨（lí）：通"醨"，薄酒。◎何故深思高举，自令放为：一作"何故怀瑾握瑜，而自令见放为"。

屈原被流放以后，在江边游荡，边走边唱，面容憔悴，身形瘦削。

渔翁看到他，便问："您不是三闾大夫吗？怎么落得这个地步？"

屈原说："世人庸俗卑劣，只有我清雅高尚；大家都醉了，只有我头脑清醒。所以我被放逐了。"

渔翁说："圣人不拘泥于外物，而能随着世道的变化而变化以合时宜。世人庸俗卑劣，何不搅浑泥水扬起浊波？大家都醉了，自己何不也吃酒糟喝薄酒？为什么要思虑深远、行为高尚，以至于自己被放逐？"

诗歌赏析

《渔父》一文采用对话体。渔翁看到屈原，以两个问句引出屈原的答语。诗歌通过屈原与渔翁的问答，揭示了二人截然不同的处世态度。屈原认为自己被放逐是因为"举世皆浊我独清，众人皆醉我独醒"，是不愿与人同流合污，能明辨是非。而渔父则主张学习圣人"与世推移"，他与世浮沉、保全自身的思想与屈原形成强烈对比。

《离骚》中说："亦余心之所善兮，虽九死其犹未悔！"屈原，正是这样一位始终不渝地坚持理想，甚至不惜舍生取义的人物。

九辩（节选）

悲哉，秋之为气也！萧瑟兮草木摇落而变衰。

憭慄兮若在远行，登山临水兮送将归。

泬寥兮，天高而气清；寂寥兮，收潦而水清。

憯悽增欷兮，薄寒之中人。

怆怳忼慷兮，去故而就新，坎廪兮，贫士失职而志不平。

廓落兮，羁旅而无友生。惆怅兮，而私自怜。

注释 ◎萧瑟：草木萧条。◎憭慄（liáo lì）：犹言凄怆。◎将归：一说将归之人。或曰即将完尽的一年的时间。
◎泬（xuè）寥：犹言旷荡空虚。◎寂寥（jì liáo）：清澄平静的样子，寂，即"寂"。◎潦（lǎo）：雨水。◎憯（cǎn）
悽 悲痛的样子。◎欷：叹息的样子。◎薄：微。◎中（zhòng）：伤。◎怆怳忼慷（chuàng huǎng kuǎng làng）：均
为悲伤之意。怆怳，失意貌，一说悲伤。忼慷，不得志，失意的样子。◎坎廪（kǎn lǐn）：犹言坎坷，本指道路不平，
喻遭遇不好，困顿失意，不得志貌。◎失职：一说失去财物，一说失去官职。◎廓落：空寂。◎羁：寄居在外。

091

译文

秋天气候悲凉啊！草木萧条，衰黄凋零。

心中凄怆，好像在远行，又像登山临水送别。

碧空旷荡，天高气爽；寂静无人，雨收水清。

悲痛叹息，微寒袭人。

伤心啊，离开故乡前往新的地方；失意啊，贫士丢了官职心中不平。

空虚啊，寄居在外没有亲友；惆怅啊，悄悄地自我怜悯。

诗歌赏析

《九辩》本是在当时楚地流传的古代乐曲名。九，多指虚数。

根据《楚辞章句·九辩序》,《九辩》的内容是宋玉悲悯屈原被放逐，故作其以述屈原之志。

惜誓（节选）

黄鹄后时而寄处兮，鸱枭群而制之。

神龙失水而陆居兮，为蝼蚁之所裁。

夫黄鹄神龙犹如此兮，况贤者之逢乱世哉！

寿冉冉而日衰兮，固儃回而不息。

俗流从而不止兮，众枉聚而矫直。

或偷合而苟进兮，或隐居而深藏。

注释 ◎黄鹄：天鹅。◎后时：失时，晚到。◎鸱枭（chī xiāo）：恶鸟。◎蝼蚁：蝼蛄和蚂蚁。◎裁：制。
◎寿：年寿。◎冉冉：渐渐地。◎儃回：运转。◎从：相从。◎枉：弯曲，邪。◎矫直：改直为曲。◎偷合：迎合
世俗。偷，苟且。

苦称量之不审兮，同权概而就衡。

或推迻而苟容兮，或直言之谔谔。

伤诚是之不察兮，并纫茅丝以为索。

注释 ◎称量：称重和测量。◎权：称。◎概：量粮食时用来刮平斗斛的木板。◎迻（yí）：同"移"。◎谔（è）谔：直言的样子。◎纫茅丝：把茅草和丝线合起来捻成绳。

天鹅没来得及飞走而滞留山林，遭到恶鸟群起欺凌。神龙离开水而落在陆地，会被蝼蚁伤害。

天鹅和神龙尚且如此，何况生逢乱世的贤才。

年岁渐老，身体日渐衰弱，时光流转不停。庸俗之辈不住地随波逐流，小人聚集想要策反中直之士。

有人苟且迎合谋求升迁，有人隐居深处不出。苦于君王不知轻重，将称重和测量混同在一起衡量。

有人屈从附和，有人直言敢谏。伤悲的是君王不够明察秋毫，竟将茅草丝线合起搓绳。

诗歌赏析

作者代屈原拟辞，抒写屈原被放逐而离别国都的悲愤和远游却挂念故乡的情怀，表现了屈原对故国的一片热情。

潘啸龙《楚辞著作提要》中说："全篇托为屈原口气，抒写忠贞遭害、小人得志之悲；既企慕离世游仙，又怀思故国旧乡。"

七谏·哀命（节选）

哀时命之不合兮，伤楚国之多忧。

内怀情之洁白兮，遭乱世而离尤。

恶耿介之直行兮，世溷浊而不知。

何君臣之相失兮，上沅湘而分离。

测汨罗之湘水兮，知时固而不反。

伤离散之交乱兮，遂侧身而既远。

处玄舍之幽门兮，穴岩石而窟伏。

注释 ◎耿介：光明正大。◎相失：失于相知，不合。◎测：揣度，知道。◎知时：知命。◎固：坚决。◎穴：穴居。◎岩：岩穴。◎窟伏：即伏窟，潜伏于洞窟，亦有穴居之意。

从水蛟而为徒兮，与神龙乎休息。

何山石之崭岩兮，灵魂屈而偃蹇。

含素水而蒙深兮，日眇眇而既远。

哀形体之离解兮，神罔两而无舍。

惟椒兰之不反兮，魂迷惑而不知路。

注释 ◎水蛟：龙类动物，即蛟龙。◎崭（chán）岩：险峻的样子。◎素水：白水。◎离解（xiè）：倦怠，倦懈。
◎神罔两：指精神如鬼怪无所据依。罔两，即魍魉，鬼怪。◎舍：止。◎椒兰：怀王公子令尹子兰，司马子椒。

哀怜生不逢时，悲叹楚国多忧患。我怀有清白纯正的心志，生逢乱世而遭遇忧患。

小人厌恶光明正大的品行，不知道世道已经混浊不堪。为何君臣不睦，我要逆水而上泪别君王。

我揣度着汨罗江的水有多深，也深知命运如此绝不回头。悲伤君臣分散而危乱，我惶恐于远离君王。

我身处幽深的暗室，隐居在岩穴洞窟。我只跟随水蛟，相伴神龙。

山石那么险峻，我却精神困顿望而难攀。我饮用清澈的河水，被迫离开，渐行渐远。

哀叹自己身体倦怠，神思恍惚更是无所依附。子椒、子兰不让我回去，我的魂魄迷惑不定，不知前路如何。

诗歌赏析

《七谏》是屈原的代言体，作者拟屈原之口吻，分初放、沉江、怨世、怨思、自悲、哀命、谬谏七部分，写出了屈原的身世经历，及其在遇到重大变故时的心路历程。

黄寿祺《楚辞全译》中说："东方朔的这篇《七谏》，从内容到形式都是模仿《九章》的，用代言体写成。"

本章诗人悲叹自己命运坎坷，表达必死之决心。

哀时命（节选）

务光自投于深渊兮，不获世之尘垢。

孰魁摧之可久兮，愿退身而穷处。

凿山楹而为室兮，下被衣于水渚。

雾露濛濛其晨降兮，云依斐而承宇。

虹霓纷其朝霞兮，夕淫淫而淋雨。

怊茫茫而无归兮，怅远望此旷野。

注释　◎务光：古隐士名。相传汤要把天下让给他，他不接受，投水而死。◎魁摧：汤勺断了把，喻不好用。魁，汤勺。◎楹：柱。指凿山石作为屋柱。◎被衣：浴毕换衣服。◎依斐：此指云朵浓密。◎承宇：承接屋檐。◎霓：副虹。◎淫淫：雨水大。◎怊茫茫：心无所依，失意的样子。◎怅：失意恼恨的样子。

下垂钓于溪谷兮，上要求于仙者。

与赤松而结友兮，比王侨而为耦。

使枭杨先导兮，白虎为之前后。

浮云雾而入冥兮，骑白鹿而容与。

注释　◎要：通"邀"，邀约。◎求于仙者：访求仙人。◎赤松：传说中的仙人赤松子。◎为耦：为伴。耦，通"偶"。◎枭杨：山神名，即狒狒。◎冥：高远。◎容与：安逸自得的样子。

务光自投深水，不染俗世的污垢。谁能长期忍受摧残处于危险之中啊，我宁愿隐居不出仕。

凿山石建造屋子，在水边洗浴换衣。清晨雾露弥漫，浓云萦绕屋宇。

早上虹霞缤纷，傍晚大雨淋漓。心无所依而悲伤失意，远望旷野一片怅然。

下临溪边垂钓，上邀仙人同游。与赤松子为友，和王子乔结伴。

让狒狒开道引路，请白虎奔走前后。借着云雾飘浮上青天，骑上白鹿自在逍遥。

诗歌赏析

汤炳正《楚辞今注》中说："本篇主旨，在于抒发贤者不遇于时的感伤愤懑之情。"又说："本篇颇为后人见重，不视为'无病呻吟'之作。其体制上承屈赋，古朴雅正；但多袭屈、宋赋成句词藻，实蹈汉世拟作因袭之风。"

严忌即庄忌，生活在西汉文帝、景帝时期。这篇作品可以归入纪念屈原的作品一类，其中恒念屈原的内容虽然不算太多，但其主旨皆立足于圣贤不遇，与屈原作品主题类似。

九怀·尊嘉 (节选)

季春兮阳阳，列草兮成行。余悲兮兰生，委积兮从横。

江离兮遗捐，辛夷兮挤臧。伊思兮往古，亦多兮遭殃。

伍胥兮浮江，屈子兮沉湘。运余兮念兹，心内兮怀伤。

望淮兮沛沛，滨流兮则逝。

注释

◎嘉：好，指品行良好之士。◎季春：阳春三月。◎阳阳：温暖貌。◎生：一作"萃"，一作"悴"，憔悴之意。◎委积：枯萎堆积。委，通"萎"。◎从横：同"纵横"，零乱的样子。◎遗捐：丢弃。◎挤臧：压抑沉没。臧，同"藏"，藏匿。◎伊：句首发语词。也可解为第三人称代词。◎伍胥：伍子胥。◎屈子：屈原。◎运余兮念兹：转而想到自己。运，转。兹，此，指自己。◎淮：淮水。◎沛沛：水盛貌。◎滨流：临水。

阳春三月，晴朗温暖，花草繁盛。我悲叹兰草憔悴凋零，枝叶枯萎凌乱。

江离被丢弃，辛夷被掩藏。想起过去的贤才，也多遭灾祸。

伍子胥死后被抛弃江中，屈原自沉湘水。转而想到自己，心怀悲伤。

望着淮水滔滔，真想随着水流而去。

诗歌赏析

《九怀》虽然有屈原作品的风格，但是内容与屈原并没有多大关系，只是诗人借用九体这种形式，抒发自己的情怀而已，王褒是否在整理楚辞的时候，强把自己的作品塞入其中，也未可知。该诗各节熟练运用楚辞各体文格，形式整齐，文风清雅，语言生动，体现了较高的书写水平。

黄寿祺《楚辞全译》中说："这九篇作品，都是政治抒情诗。它们强烈的政治性，浓重的抒情意味与《离骚》基本相似。本诗在表现手法上也多效法《离骚》，采用幻想夸张的手法，很少有纪实之辞。语言流畅、生动、形象，篇章结构跌宕有致。"

九叹·惜贤（节选）

览屈氏之《离骚》兮，心哀哀而怫郁。

声嗷嗷以寂寥兮，顾仆夫之憔悴。

揆谄谀而匡邪兮，切湎涊之流俗。

荡渨湴之奸咎兮，夷蠢蠢之溷浊。

怀芬香而挟蕙兮，佩江蓠之斐斐。

握申椒与杜若兮，冠浮云之峨峨。

注释 ◎惜贤：痛惜贤人。此章言刘向读《离骚》感叹屈原遭遇，为屈原鸣不平。◎怫郁：愤慨不平的样子。◎仆夫：驾车的仆人。◎揆：治理。◎匡：纠正。◎切：斩除。◎湎涊（tiǎn niǎn）：垢浊。◎荡：洗涤。◎渨湴（wěi wō）：污秽。◎奸咎：奸恶。◎夷：消灭。◎蠢蠢：没有礼仪的样子。◎挟：持。◎斐斐：盛多的样子。◎申椒、杜若：皆芳香植物。◎浮云：指冠上的云饰。◎峨峨：高耸的样子。

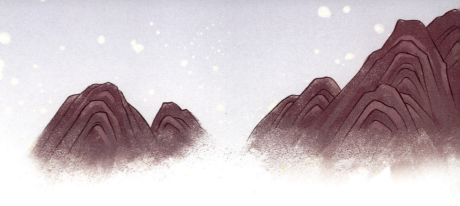

登长陵而四望兮，览芷圃之蠡蠡。

游兰皋与蕙林兮，睨玉石之嵾嵯。

扬精华以眩燿兮，芳郁渥而纯美。

结桂树之旖旎兮，纫荃蕙与辛夷。

芳若兹而不御兮，捐林薄而菀死。

注释 ◎长陵：高大的山陵。◎芷圃：栽植芳草的园圃。◎蠡蠡：整齐有序貌。◎皋：水旁高地。◎睨：顾视。
◎嵾嵯（cēn cuō）：山峰参差不齐貌。◎眩燿（yào）：光芒四射。◎郁渥：浓盛的样子。◎旖旎：繁盛的样子。
◎纫：以绳索连接。◎荃蕙、辛夷：皆芳香植物。◎御：用。◎捐：弃。◎林薄：木丛曰林，草丛曰薄。◎菀死：郁积
而死。菀，通"宛"，屈抑。

读完屈原的《离骚》，我心中悲伤不已，也愤慨不平。在寂静荒野中呼喊，回首见那仆人也憔悴伤怀。

要整治奸佞匡正邪恶，要斩除流俗污垢。要荡涤污秽和奸恶，要消灭无礼和混乱。

手持蕙草怀有芳香，身佩江蓠香气浓郁。握着申椒和杜若，头戴云饰高冠。

登上高山四面眺望，看到整齐的芳草园圃。在长满兰草的水边和生有蕙草的林中游玩，回头又见玉石参差不一。

这些都光芒四射，香气浓厚，纯净完美。编结繁盛柔软的桂枝，连缀着荃蕙和辛夷。

如此芳草要是不用来佩戴，就会被抛弃在丛林郁结枯死。

　　《九叹》作为刘向纪念屈原的作品，有时用屈原的口吻，有时又以自己的口吻表达其对屈原的同情。全诗出入自如，对屈原心理及经历的体会，犹其深入。另就风格而言，《九叹》与屈原《离骚》更接近。刘向用词讲究，体现了他作为西汉中后期大学者的学养。黄寿祺《楚辞全译》中说："作品中抒发屈原不易见容于君，不受知于世的悲叹……与屈原的基本思想是一致的。在结构上采用若断若续、回环往复的手法，以主人公思想的跃动、发展为线索，反反复复地再三咏唱，层层紧扣，最后还加一个'叹曰'的尾声，将感情的抒发推到更充沛、更浓烈的境界。"

九思·哀岁 (节选)

旻天兮清凉，玄气兮高朗。北风兮潦冽，草木兮苍唐。

蚍蛣兮嚓嚓，蝍蛆兮穰穰。岁忽忽兮惟暮，余感时兮凄怆。

伤俗兮泥浊，朦蔽兮不章。宝彼兮沙砾，捐此兮夜光。

椒瑛兮涅污，葈耳兮充房。摄衣兮缓带，操我兮墨阳。

升车兮命仆，将驰兮四荒。

注释 ◎哀岁：哀叹岁月的逝去。◎旻天：秋天。◎苍唐：草木始凋，青黄相杂之色。◎蚍蛣（yī jué）：虫名。◎嚓（jiāo）嚓：鸟虫鸣叫声。◎蝍蛆（jí jū）：蜈蚣的别名。◎穰（ráng）穰：纷乱貌。◎凄怆：悲伤。◎朦（méng）：视不明。◎不章：言是非不明。◎夜光：此处指夜明珠。◎瑛：似玉的美石。◎涅（niè）：一种矿物，古代用作黑色染料，引申为染黑。◎葈（xǐ）耳：植物名，又叫苍耳。◎充房：盈室。◎摄：提。◎墨阳：剑名。◎四荒：四方荒远的地方。

译文

秋天天气清凉，天空明净高朗。北风寒冽，草木逐渐枯黄凋零。

小虫叫个不停，蜈蚣乱爬不止。一年匆匆又到尽头，我感慨岁月变迁，心中悲伤。

感伤俗世污浊，贤才不显，是非不明。把沙子碎石当作宝贝，夜明珠却被扣掷一旁。

香椒美石被染黑，恶草苍耳堆放满屋。提起衣服，宽束衣带，拿起墨阳剑。登上马车命令车夫，准备驰驱到四方。

诗歌赏析

《九思》也是一篇代言体作品，是王逸代言屈原之作。诗中，他对屈原的不幸遭遇及其心理有着较为深入的描写。汤炳正《楚辞今注》中曰："《九思》之作，意在伤悼屈原，嘉其忠贞之志，斥责群小乱国，贤士流放。"

本章悲叹时光流逝，国家昏乱，而自己却无能为力，索性去官独处。

121